AF254442

EL VENTANAL

Relato erótico pornográfico

EL VENTANAL

Relato eróticamente pornográfico

LeoTobón

ISBN gratuito de KDP: 9781797902241
Sello: Independently published
Corrección de estilo: Yesid Hurtado
Logo: Marcelo Arango
Autoedición
© Leonardo Valencia Echeverry
Terminado en el 2019
leonardovalencia.echeverry@gmail.com
Facebook e Instagram @seudoescritor
Twiter @escritorseudo
Youyube seudo escritor

Dedicatoria
A todos los que se pueda y a Claudia Rebolledo Hernández.

Advertencia:

Las miradas, los recuerdos, las sensaciones se entrelazan en eyaculaciones llenas de morbo y erotismo por Mildred. Son convulsiones de instantes, repletos de *ahoras*, son amalgamas de tres seres que confunden a Leo: interlocutor, hacedor y protagonista de estas efemérides. Perpetrador que se convertirá en víctima de su delito ¿…?

El Ventanal es el primero de los relatos eróticos pornográficos que el autor exhuma para la diversión y entretenimiento de aquellos que quieren leer morbosidades de amor a los oídos de sus amados o amadas o simplemente se quieren lubricar en un baño público.

Tocan la puerta

Anoche entré a tu habitación, atravesé el ojo de tu cerradura y estabas tan bella como siempre, tenías ese vestido beige que me gusta, contoneante. Miraba tus tacones ceñirse al piso, rojos, altos, puntiagudos. Sentía con cada paso golpes de saturación y desespero, despertando hormonas que dolían. Me dolían, me hacían sangrar en el interior.

— ¡Espera! no lo acaricies tan rápido traviesa, no metas las manos dentro del pantalón. Eres una ramera irresistible, eres mi sueño soñado. Espera mujer… mejor un vino… atiéndeme… —Tu risa fluía…

—Eres irresistible Leo. Déjate papi, que soy tuya —susurrabas al oído.

Después de algunas una copas al compás, de música electrónica, arremetí hacia a ti como un animal desenjaulado. Era un rinoceronte lleno que buscaba penetrar.

—Ahora tú eres el arrecho —pronunciaste regañándome.

Besaba y mordía tu cuello delicado que se sonrojaba con facilidad; mi barba penetraba tus poros. Tus gemidos producían dolores en mis oídos que me obligaron a tirarte al sofá. Arranqué tu vestido suciamente, suficientemente delicado. Tus pechos vituperados quedaron dispuestos a ser lamidos y mordidos.

—Me encantan tus tetas. —Las tocaba duramente, gritabas.

— ¡Más, amor! ¡Más duro! Así quiero que me trates ¡Penétrame! —pedías.

Te hice caso y bajé mi cremallera rápidamente, pero primero subí a tu rostro buscando tus labios rosa. Tu pecho bestial me detuvo, allí di unos golpes con mi mazo para que sintieras mi esplendor y gritabas:

— ¡Más, amor! ¡Más duro! ¡Qué delicia!…

Tocan la puerta. Debo guardar los binoculares.

La visita

Tocaban la puerta. Era algo tarde y sentía mucho odio por el desconocido, que resultó ser un amigo del trabajo que necesitaba que le prestara un software para su computadora. Al principio, lo miré como una presa dispuesta a ser engullida por mis ansias de depredador y por lo inoportuno de la situación, pero proseguí a buscar el encargo: sumiso como cachorro entrenado dispuesto a traer el periódico o un trozo de palo.

Después de unos minutos una preocupación profunda entró en mí: había dejado el ventanal abierto con los binoculares cerca, por tanto, dejé de lado lo que estaba buscando y salí de la habitación corriendo para la sala. Desaceleré el paso al ver a al visitante:

—Está haciendo un poco de frío —afirme al visitante, que miraba todo a su alrededor como queriendo descubrir o asimilar mi espacio.

—Debes estar enfermo, es verano —respondió.

—He sentido un poco de resfrío —excusé, cerrando la ventana y corriendo las cortinas y agregue—: No encuentro el programa.

—Ah, qué lástima ¿y qué cuentas?...

Pregunta maldita, esa que necesita una charla más larga que no podía cortar, evadir, porque era mi compañero; además no sabía qué había visto ¿No sabía si había intuido que observaba a Mildred en el apartamento del frente?

Estaba preocupado por lo que dijeran en el trabajo: ¡Es un mirón! Le gusta ver a sus vecinas follar. No obstante, me tranquilicé puesto que Mildred seguía siendo mía… Ella no se daba cuenta que la observaba en soledad.

S.

No soy un solitario, no lo creas, tengo una novia llamada **S.** no mereces saber su nombre como en verdad no sé el tuyo. Ella me acompañó al almacén de electrodomésticos para prestarme algo de dinero para completar para nuestra cámara fotográfica. Ella pensaba que era de los dos. No sabe que es para nuestras noches de pasión, tuyas y mías, no de ella y unos cuantos flashes de recorridos citadinos.

Tiene un teleobjetivo que puede acercar distantes montañas como tus senos.

S. hace que le tome fotos a cada instante, pero tengo la excusa perfecta, diré que me la robaron. Será el artilugio de nuestros secretos **M.**

El calor es sofocante, **S.** ha venido a mi apartamento a visitarme. Es un día de esos que tiene libre en su trabajo nocturno haciendo gimnasia de barra, un pole dance muy erótico. Ha llegado muy arrecha. Empiezo a cansarme de las muñecas inflables, además mi otra muñeca está hinchada de tanta reflexión por ti.

El cuerpo de **S.** es escultural y delicioso, succiona mis instintos más bajos haciendo que mi lengua busque su abertura igual que una llave encontrando la tuya. Te imagino en ella. En muchas ocasiones te he imaginado en ella. Las dos mías. Una pelirroja y una asiática al encuentro con mi cuerpo lleno de sudor por el verano.

Cuatro ojos mirando mi cuerpo, dos bocas buscando la mía; morbosidades de amor que zumban en mis oídos llenos de miel. Una blancura intensa y otra amarillenta dispuestas a mis palmadas, a mi fuerza:

—Quiero que se la chupe… suavemente —grita mi mente.

Mi lengua lame la perversidad escondida entre las piernas de **S.** que grita como loca. Espero que baje la voz, para que no la escuches al otro lado de la calle, pidiendo:

— ¡Méteme los dedos!

Subo lentamente mordisqueando su piel; mi mano arremete hacia su estación: Dedos húmedos con olor agrio mágico que desenvuelven la emoción. Arremeto separando sus piernas llegando a su cuello. Mi boca está llena de saliva, como mis dedos lubricados. Empujo lentamente, dolorosamente hacia su interior. Deseo escucharla gritar mi nombre.

— ¡Leo! ¡Más fuerte! Así… Amor.

Pero su tono de voz es distinto del imaginado. Lo saco rápidamente sin premeditación para no llegar a su interior. Su tatuaje sirve de camino a mi semen para llenar su ombligo. Despierto de mi quimera, veo su rostro lindo, orgulloso. Veo sus senos pequeños y cremosos, pero no eres tú.

Osadía

Te he follado mil veces, más de las que quiero: en el trabajo, en el baño; en el balcón… Con mi novia en mis sueños. La otra noche entré a tu edificio con la preocupación y premeditación de un espía. Pedí permiso al portero con el pretexto de alquilar un apartamento deshabitado. Él me guio, eran las 7 p.m. No habías llegado; simplemente quería pasar por tu puerta; únicamente quería ver el color de tu puerta. Tal vez tenía la esperanza de que estuviera abierta para esconderme bajo la cama o detrás de la cortina; una ilusión del más cerca para matar esta lujuria viendo tu fealdad, la cual imagino, pero no creo.

Quiero empuñar con más furia mi arma, comparando mi fuerza con la tuya, como cuando empuñas mi alma, cuando estoy detrás del ventanal.

Pero ahora miento, quiero verte y decir mi nombre:

—Leonardo ¿Cuál es el tuyo?... ¿soy tu vecino?… ¿te gustaría tomar una copa conmigo?

No lo creas, algún día lo haré, me atreveré a estar cerca y sí lo permites, dentro de ti, para violar tus sueños.

La otra noche me paré como un idiota en la entrada de mi edificio, esperaba que llegaras y que pasaras por la acera dispuesta a entrar al tuyo. Ahora soy más atrevido, no sólo te quiero ver por el vidrio corriendo las cortinas, sino que también deseo que me mires.

Pasaste después de tres horas, lo sé porque obtuve un dolor de cuello mirando tu balcón como lo hago cuando estoy detrás del ventanal.

Junto, en el interior de mi apartamento, está el altar con artilugios de imagen: cámara fotográfica con un teleobjetivo, filmadora y un diario. Ese diario que me colma de pensamientos como niña quinceañera que espera su primer amor penetrable. Ahí escribo letras como garabatos excitados, para cuando seamos dueños de nuestros cuerpos, podértelo entregar, lleno de sueños escritos inundando de humedades páginas para vos.

Tal vez, volver el diario mi cuerpo, mejor, mi cuerpo convertir en un diario con letras orientales como *Nagiko a Jerome*.

Tatuaré tu rostro como un regalo de nuestra vejez. Le diré a **S.** que nos tatué a los dos. Ahora no se puede decir. No puedes leer ni ver el tatuaje nunca hecho, me echarías por esta revelación sacrílega, por desear una pintora y su modelo desnuda al mismo instante. Todavía no, porque no comprendes que soy un *Da Vinci* en erección y tú una musa desbordada de creación.

Soy un enfermo por ti. Franqueaste mi acera azarosamente con tus faldas. Esas faldas que atraviesan mi ser, se movían y se mueven libidinosamente. Entraste rápidamente, estabas apurada por mostrarme tu cuerpo entre pálido y rosa. A veces pálido triste, en ocasiones rozagante alegre. Recordé que era sábado, un día de esos que te arreglas para exponer lo que deseo y lo que quiero, en esos fines de semana que me diviertes deleitándome con delicadeza.

Subí las escalas corriendo para llegar a mi apartamento, quedando sin respiración. Entré precintándome a coger los binoculares, dispuse la cámara fotográfica en automático… ¡Como odio cuando se me empañan los lentes!

Las cortinas

Es un domingo muy caluroso en estas tierras sofocantes y entrañables de la ciudad carmesí. Estoy despierto desde anoche, desde que te fuiste y no llegaste para ofrecerme tu espalda blanca, tersa, musculosa, trabajada por el gimnasio, muestra de tu genética. Me encantaría dar una ojeada a tu madre.

Me quedé dormido en la silla adecuada junto al ventanal porque estaba cansado de tanta vigilancia. Perdí tu encuentro. Somnoliento entré a mi cuarto, muy deprimido por no cumplir bien mi labor diaria ¿pero algo?: un impulso, un sentimiento, a lo que le dicen un sexto sentido, una premonición, me hizo volver al ventanal, detrás del ventanal.

Pasé sigilosamente como un gato de lado a lado, ronroneando en mi pensamiento excitado. Te vi, estabas en tu balcón, ese que da al mirador de mi sala ¡Gracias a Dios!

Tuve la osadía, la inteligencia de comprar unas cortinas semitransparentes. Me atreví a preguntar al vendedor de cortinas: ¿si estas dejaban ver de adentro para fuera? ¿Qué si no se veía de afuera para dentro? El vendedor dijo que eran las que yo necesitaba:

—En estos tiempos hay que ser precavido, la ciudad es muy peligrosa —indicó, riendo con ironía.

Estás en ese balcón, en tu acostumbrada levantadora transparente, no tienes brasier, lo observo con atención docta. Desde la distancia puedo ver un punto oscuro que extracta tu pezón, imagen de mi mente libidinosa y bipolar.

Los binoculares hicieron su trabajo. Sí, era ese pezón que siento en la yema de mi índice. Pasaron mil acciones por mi mente: saldré al balcón en mis fachas del despertar, sin bañar, sólo una camiseta y mis sandalias que no alcanzarás a apreciar. Bostezaré, abriré los brazos y te miraré ahí recostada con tus brazos que aprietan tus senos, toda una alucinación.

—Hola, vecino ¿mucho calor? —preguntas.

—Perdón es conmigo —respondo como un idiota desprevenido. Agrego—: Sí, mucho calor, está como para una cerveza.

— ¡Qué delicia! Tengo unas cuantas en la nevera, tú verá. —Invitas, pero mi respuesta se demora un poco y mucho más. Suena el timbre, maldito sonido que acaba con mis vigilias.

Repiquetea el timbre maldito. Otra puerta es el sello de lujuria. Entro a la habitación poniéndome una bermuda. Temeroso, muy despacio, tomo mi tiempo para *subvestirme* ¡Ya te extraño!

—Otro día serán las cervezas, me llegó visita. Es **S.**

S. no esperó cruzar la puerta para estar semidesnuda. Se quitó su blusa semitransparente, sudada; rica; quedándose con su pequeño brasier. Entre tanto el tatuaje venenoso, negro, el cual hacía juego con su pantalón capri azul claro, se metía en su pecho.

Ese capri pirata, mojado. Toda una pecera erótica. Se lo bajó haciendo minúsculos juegos de brazos moviendo la cadera en un juego de hula-hula, quedando una tanga transparente que decía en su frente: "Prohibido, no tocar", dejando ver una pequeña sombra hermosa, triangular, que hizo que mis ojos desorbitados se enrojecieran soltando una lágrima de emoción.

El retazo semitransparente que cubría su plenitud estaba húmedo, algoritmo que explicaba cómo penetrar agujeros negros. Quién diría que *Stephen Hawking*, no alcanzó a predecir su humedad. Succionaba todo a su paso, yo estaba ahí para ser chupado. Una lágrima rodó por mi mejilla, de nuevo, como antes, por esos dos espejismos de verano, uno, el ventanal y el otro de mi puerta ¡Es una maravilla mi hogar!

—Qué calor ¡mi amor! —recalcó **S.**

—Sí, está haciendo un bochorno terrible –respondí.

— ¿Sí me has pensado, amor? —preguntaste con voz mimada.

—¡Claro!, te pienso, mucho más de lo que tú crees —reflexioné mi respuesta con algo de ironía, con mucha ironía.

S. me besó con ternura, traté de meter mi lengua entre su boca y ella se vino deliciosamente, mojó más su tanga. Sentí su rocío.

Pero antes, hace un momento, desde de que se acercara a darme el beso, puse mi mano en su abertura para sentir su bestial mojada; ella agarraba mi miembro con fuerza.

También casi me boto: —debe ser por la saliva sofocada, pensé en ese instante.

Las puertas de cristal del balcón estaban de par en par, dejando entrar el bochorno.

—Qué rico un poco de viento —propusiste, mi supuesta amada.

Ella sin preguntar, sin pedir permiso como dueña de mi espacio y de mi cuerpo se dirigió hacia el balcón, salió en "paños menores", semidesnuda. Creo que para los transeúntes que pasaron a esa hora, fue un regalo de navidad adelantado. Por ver tal delgadez; sé que se estimularon como yo en la puerta.

Hay voyeurs por todos lados, mirando de arriba para abajo, de abajo para arriba, los más atrevidos horizontalmente y de frente. Los más intrépidos por una abertura, por una rendija, por un hueco de pared hecho con un taladro para después ser tapado por un chicle para que no se vea el ojo del mirón.

Mi primer agujero

Recuerdo muy bien cuando tenía trece años: eran casas antiguas donde las puertas dividían los cuartos con muros delgados que dejaban pasar el sonido. En una de esas habitaciones vivía una pareja: una gorda blanca, rubia robusta, muy excitante y un hombre corpulento, mestizo; un camionero. Cuando él llegaba de sus largas travesías iniciaban su faena en el horario que un adolescente debería dormir.

Yo había puesto el chifonier junta a la pared, como una escalera de audios, ése que me regaló mi abuela para taponar la "puerta condenada" que comunicaba con ese cuarto.

Era un joven delgado, ágil, lo cual permitía que subiera encima del gran cajón de madera, donde en su interior se mezclaba mi ropa con la ropa de la abuela: el vestido de marinero se confundía con la falda de rosas rojas ya desteñida. Creo que esa falda la había acompañado desde su nacimiento o fue su estreno de quinceañera, y todavía, ya vieja se la ponía sin preocupación.

Inicié mi labor de pájaro carpintero. Decidí que debería ver los gemidos que no dejaban dormir. Un día que no se encontraba mi abuela ni los vecinos, cogí un martillo y una puntilla, atravesé la esquina de la puerta de madera en la parte de arriba, no de frente, de lado ¡Me podrían descubrir! En una esquina el hoyo era mejor, al lado izquierdo de la puerta. Además, si hacía más grande el hueco podría traicionar a mi chifonier por el descubrimiento. Ese mueble salvaguardaba mi equilibrio de malabarista de mis masturbaciones nocturnas.

Tuve que meter una segunda puntilla ¡No veía nada! una más gruesa; no me satisfizo el tamaño del orificio, así pude observar el catre que estaba al fondo del pequeño cuarto.

Así, noche a noche, observaba con interés académico las posturas y las lamentaciones de esta pareja. A él le fascinaba poner su dedo en su clítoris: artefacto apenas a descubrir por mi curiosidad. A ella, también le encantaba, gemía como una gata. Su índice gordo de conductor entrenado tenía la habilidad de una batidora. Cuando se desgastaba lo respaldaba su corazón y así sucesivamente: índice–corazón–índice. Movía sus dedos, tan rápido, que ella no alcanzaba a gritar para hacer juego con el exguitarrista.

Se ahogaba, se venía, quedaba tan húmeda que la tenía que secar con una toalla descolorida rojiblanca dispuesta en la baranda de la cama. Después de la chorreada de la gorda dama, él enseguida le daba su merecido. Cambiaban de poses cada que tenían su faena, cada que el camionero llegaba en algunos días al mes; pero primero en protocolo, ritual, una formalidad: su mano de habilidad mecánica y metálica, hacía su labor. Era el inicio de su pasión. Él era el dios de la masturbación, un Dionisio o Pan despreocupado pero entrenado...

Cuando terminaban yo ponía de nuevo el chicle en el agujero. Aunque miento, por la pobreza que nos rodeaba, la mayoría de veces era un papel masticado, ya que no alcanzaba para el chicle, de esos amarillos con rayas azul verdosas donde escribía mis primeras letras.

¡Pensándolo bien! Masticaba, salivaba mis primeras palabras con lucubraciones y masturbaciones nocturnas. Sí, con el chicle de papel amarillo de líneas escolares taponaba el hueco de mis lujurias.

Ese paraje de barro con boñiga de baca, se acompañaba de la pose para poder satisfacer la lubricidad. Misterios a descubrir por mí.

Me imaginaba montando la gorda cuando estaba niño, la grosa dama rubia de mi amigo camionero, pero sé que para poder montarla tendría que ser un experto con los dedos. Por tanto, entrenaba con mis dedillos con una muñeca de trapo de esas que coleccionaba mi abuela. En ese tiempo no conocía el clítoris como amalgama de satisfacción, simplemente pensaba que era fácil el hacer vibrar.

Después de unos años, muchos años, tuve una novia que sentía un orgasmo frotándose con mi muslo. Cuando terminaba, o mejor se venía, yo proseguía la penetración hasta sentirme satisfecho; era un intercambio de placeres, supongo, puesto que nunca nos vinimos al mismo tiempo.

Siempre hay una pose, una parte del cuerpo que sujeta las emociones de las mujeres y también de los hombres, como cuando **S.** hace que le frote su vulva con mi cabeza.

¿Cuál será la tuya Mildred?

La invitación

No le importó que fuera pleno medio día, con esa sofocación a mí tampoco.

—Hola vecina cómo le va —dijo **S.**

—Muy bien… Mucho calor —contestaron desde el otro lado de la pequeña calle.

Las calles son muy angostas, caben motocicletas y carros pequeños. Simplemente, con subir la voz nos podemos comunicar de edifico a edificio.

—Este calor está como para tomarse unas cervezas bien frías, amiga —propuso Mildred.

¡Ya se trataban de amigas! ¿O eran amigas?

—Sí, qué delicia —manifestó mi compañera desvergonzada y semidesnuda.

La vecina la observaba con ojos vivaces ¿eso creo? Eso pasa por acostumbrarme a los binoculares y a la cámara fotográfica, ahora sé que necesito gafas para dejar de creer.

—Tienes un cuerpo muy bello —agregó la lejana.

—¿Te parece? —afirmó **S.** con desafío.

Yo estaba al punto del desespero, no podía salir al balcón porque descubrirían mis pensamientos, mi emoción. Medité un rato… Como todo un latino gordo varón, decidí entrar en escena; es la primera vez que confrontaré mi más fervientes deseos, es la primera vez que escucho el grito de su voz.

Sé que resaltará mi voz en sus senos, a punto de estallar por el apretón de sus antebrazos sosteniendo su cuerpo en el barandal.

—¡Leo! Ven acá, al balcón, sal de detrás del ventanal —ordenó S. volteando su cuello hacia mí.

Me miró unos instantes tratando de desmenuzar mis pensamientos.

—No digas ¿estás enojado porque estoy con pocas prendas? No seas absurdo. Ven. Estamos en una ciudad que vale poco la ropa. Con este calor debíamos estar todos desnudos.

Carcajeo **S.** volteó su cabeza de nuevo para reírse con su nueva compañera, preguntándole en voz alta:

—¿Cierto, amiga?

—Estoy de acuerdo totalmente contigo —afirmó Mildred.

—Ven mi vida, te quiero presentar una nueva amiga.

Invitación que no podía despreciar. Nunca me había atrevido a salir al balcón cuando ella estaba. Cuando yo estaba mirando la calle o recibiendo fresco de aire montañoso en esta ciudad cálida y de repente ella salía, entraba apresuradamente, por temor.

¡Gracias a dios! siempre guardaba los binoculares y la cámara fotográfica en mi dormitorio. Era un ritual de desarmar y armar tu altar, situaciones que aprendí después de la visita de un amigo, de esos del trabajo.

Me atreví y salí. El viento reconfortante que no apagó el sudor de mi rostro. Dos bellezas, una frente a la otra. Sé, que mi apariencia algo voluminosa estorbaba tal perfección de mujeres; era una roca entre las flores.

—¡Oye amiga! Te presento a mi novio —gritó **S.**

—Mucho gusto, me llamo Leo –presentándome, con voz alta.

— ¿Sólo Leo? —preguntaste con tu voz hermosa y tu cuerpo estilizado, menos gritado que **S.** más frágil que yo, pero lo suficientemente fuerte para que se te escuchará. Dejaste ver todo tu esplendor aunque continuabas cruzada de piernas, algo que quisiera remediar.

—Sí, Leo simplemente —respondí arrogante.

—Los invito a unas cervezas frías, qué dicen.

S. nunca había tenido la cualidad de la delicadeza al menos que lo succionara, era una maestra en el arte de mamar.

—Claro vecina, ya vamos para allá, cuál es tu número.

—305, acá los espero.

Mis ojos se abrieron hasta salirse de órbita a pesar de lo resplandeciente del día. Cuando decidiste entrar para organizarte para recibirnos, diste la vuelta, de espaldas, dejaste ver tu levantadora trasparente con tus nalgas que se tragaban el hilo de las tangas. Un culo fuerte y redondo siempre esperando unas palmadas, mis palmadas. Imaginé… No necesité mis artilugios de amor.

Sumé los números: un ocho: juego libidinoso, número mágico que da al traste con tu cuerpo. Un ocho que consta de tus pechos hechos desde el crepúsculo hasta el amanecer de tu vagina, un signo de infinito cerrado por mis ojos.

Un poco más vestidos, cruzamos los cuasi cuarenta pasos para estar al frente del misterio, que poco a poco, había descubierto. Me hacía el idiota, como si nunca hubiera estado allí. Después de pasar la portería, saludé al portero.

—Hola señor ¿siempre tomará el apartamento? —preguntó el portero, cuando pasaba por su lado.

—No, caballero, por el momento no me interesa.

—¿No sabía que quisieras pasarte de apartamento? ¿No digas que me vas a dar una sorpresa? Sabes que la respuesta es ¡sí! —sonrió **S.** No contesté.

No tuve que hacer las maromas o inventar historias como lo hice la primera vez que estuve allí. Subimos, **S.**

se aferraba de mi brazo como carnicera teniendo algo que cortar.

Llegamos al tercer piso. Timbre en el 305, segunda vez hundiendo un timbre tan pornográfico: Un pezón se configuraba como ambrosía en mi boca, una aureola sencilla y clara; un pezón duro y estable. Veía el timbre de la puerta de tu apartamento, cuando lo toqué tuve que apretarlo hasta el fondo para poder reflexionar todas mis palabras de amor que inundaban mis pantalones. Temblaba mi mano izquierda.

En la primera visita me arrepentí y sólo lo acaricié hasta el hundimiento de mi mente, con mis ojos imaginando los tuyos al otro lado de la puerta. Sí, lo apreté para matar el deseo, sabía que no estabas. Por un instante quedé vacío.

Por el "ojo mágico" de tu puerta, por la mirilla, sé que miraste; cuanto hubiera dado porque ese ojo se volteará para yo verte.

Abriste totalmente bella, totalmente enfundada de tu vestido beige, ése que utilizaste otros días para incitar mi imaginación. Sonreíste, ahí estaba yo, con cara de idiota. Con un misterio tímido, temeroso, pero angelicalmente infantil como el niño que se masturba bajo una cobija para no ser descubierto por su abuela.

—Hola amiga, cómo estás —saludo **S.** con despreocupación, con toda la confianza del caso. Parecían amigas o mejor hermanas del compartir.

—Buenas tardes —añadí.

—Muy bien ¿y ustedes?... Pasen, están en su casa… ¿Qué calor?... ¿Cierto?... —reflexionó, subiendo su cabeza, suspirando. En tanto, seguimos un poco tímidos.

—Mi nombre es Sara.

—Tú te llamas Leo —apuntó Mildred, interrogándome.

Sólo pude decir que sí. No sé cuántas cervezas nos tomamos. Hasta una botella de vino se destapó. Nos reímos de los muertos por el calor y de los que vendrían por los inviernos. Cómo en buena conversación, siempre salió el sexo y los lugares más festivos de la ciudad. Mi boca era la de un desconocido que quería ser familiar y mis pensamientos eran de un familiar que quería ser desconocido.

Era un poco tarde, pasaba la medianoche. Había sido suficiente de tanto alcohol como de charla. Sabía que el trío no lo íbamos a hacer, así se prestara la noche, sino porque en verdad yo no quería, mentira.

Pero sí, en algún momento, presté atención a la intimidad de sus palabras, ellas fluían fraternas hablando de hombres como hermanas. Pensaba en una lamida colectiva: mi verga envuelto entre sus lenguas, sus lenguas envueltas en todo mi ser. Sus dos bocas majestuosas, supremamente jugosas se mojaban. Yo observaba extasiado, callado. De vez en cuando reía, de vez en cuando le besaba el cuello a Sara, nombre gracioso para una oriental, aunque en oriente significa

Árbol de Shala (casa), frondoso como su coño. La besaba, pensando en tu cuello.

Esperaba que se besaran, era mi sueño, mi esperanza. Pero no pasó ¡Mejor! Se contuvieron ¿Creo? ¿Quién quita que hubiera sucedido en un descuido? ¿En el baño? ¿En la cocina? ¿En mi estupidez? ¿En mi mente? Es mejor no saber porque no puedo soportar tanto amor en nuestra primera noche.

Mi maquiavélico cerebro, entre cervezas y vino, hizo que sacara de mi bermuda las llaves, empecé a jugar con ellas. Entretanto, ellas, las malditas deseadas y amadas, reían de la hipocresía de amigas; de charlas sobre tipos: tamaños, colores y olores… terminaban en lo pequeño de algunos penes conocidos desde sus infancias…

—Yo hago estriptis por las noches, en uno de los antros más reconocidos de la ciudad —confesó Sara.

—¿No te creo? —apuntó Mildred, la que nunca pronunció su nombre. Creo que para S. siempre será amiga. Era mi nombre, solamente mío.

—Sí, pero no confío en ninguna de esas putas, ellas pueden quitarme a mi Leo que desde hace tres años va cada fin de semana. Siempre están buscan bobos desprevenidos.

Las dos soltaron carcajadas, mirándome.

Susurré en mi mente: —Cuando ella no está, siempre te llego.

—Mentiras Papi, vos sos un bello y eres sólo mío —aseguró, sonriendo con cara de disgusto, de una puntería recriminadora.

Yo jugaba con las llaves y advertí que en la mesa central de la sala, esa estancia que muchas veces había recorrido con la cámara que S. ayudó a comprar para encontrarte en el trasegar de tu apartamento, esa cámara que nunca he pagado.

Vi que las llaves de Mildred estaban sobre la mesa, eran sus llaves ¡Qué lujuria! Qué arrebato de robo. Me contuve en medio de mi mareamiento, reflexioné como buen malabarista de ensueños: dejo las mías a su lado y espero que esas dos viejas estén borrachas

¡Ojalá se besen!

Las llaves

—Hola vecina, cómo estás —saludé sin preocupación ni prevención. Casi natural.

—Muy bien y tú. Qué haces por acá tan temprano —contestó igual de despreocupada.

Después de mirarnos por unos instantes sin reflexión, adicioné:

—Anoche nos trajimos tus llaves por equivocación.

—No digas… con razón no las encontraba y tuve que usar las de remplazo para poder comprar el desayuno.

Estaba un poco agitado por el afán de cruzar la calle para entregárselas, puse rostro indiferente, la resaca ayudaba. La puerta estaba entre abierta, mirando su rostro trasnochado y bellamente lagañoso. Me habló un poco más despierta.

—Cómo así que me dejaste sin llaves ¿Las ibas a robar? —sonrió y yo reí.

—Qué pena contigo, pero en verdad creo que se las trajo Sara.

—Ah, bueno, siendo así, dile que saque unas copias.

—Me sorprendió tal respuesta—.Te digo, tienes mucha suerte, es una mujer muy hermosa.

—Ustedes son iguales de hermosas —aseguré.

—Sí ¿te parece? —Nos miramos, queriendo saber que pensaba el uno del otro.

De pronto sonó el teléfono, un silencio momentáneo… se dirigió a contestar.

—Hola mi vida, cómo amaneciste. No me quisiste acompañar anoche con mis nuevos amigos —contestó Mildred, mientras yo escuchaba desde la puerta.

Retrocedí lentamente, con celos. Ella, hacía señas con el rostro de un "hasta luego". Mi misión estaba cumplida a pesar de la llamada inoportuna. Ahora me dirigía de nuevo a mí apartamento.

—Hola, mi niña, aquí te traje el desayuno —le dije a Sara suavemente, como buen despertar.

—Qué hicimos anoche… se me olvidó la mitad —pronunció como entre un sollozo de resaca. En voz baja y mimada.

—Tranquila que no hicimos nada malo.

—Qué lástima, qué mujer tan hermosa y rica, la que vive al frente tuyo… estoy celosa.

—No tanto. —Mentí descaradamente.

S. estaba ardiente, de nuevo, como siempre, tanto que mi boca y mis labios se confundieron con su aliento de trasnochada. No me importó su hedor a vino y sabor a saliva agria. Su boca era jugosa. Yo también tenía una resaca puntuda. Su aliento imperfecto pasó al olor de esperma agitado.

Sí, se besaron azarosamente, era tan bella esa imagen cubierta de saliva, flujos para mí. Ellas se tocaban como dos caracoles dejando rastros por donde pasaban mis quimeras. Miré mi reloj y descubrí, que en sólo en un segundo, faculté a mi descuido para que ellas se aparearan sin mí. No podía tocar, aunque ellas no lo habrían permitido, estaban tan metidas, sometidas dentro de sí, que si hubiera actuado sería un desmembrado sin guerra.

—Qué pasó, bebé, por qué te "viniste" tan ligero, si cuando éstas enguayabado te demoras tanto —reprochó.

—Mi vida, hoy estaba como un potro virgen, bien cargado.

—Bueno, eso me gusta, que te satisfagas en mí —afirmó con expresión de enojada y desconfiada, abriendo sus ojos rasgados.

Negociación

Mi amigo, ése del software, él que me recomendó al mejor cerrajero de la ciudad. En ese amanecer llegué a su negocio, eran aproximadamente las cinco de la madrugada cuando toqué a su puerta. Él tiene un negocio las 24 horas en su casa, debe ser para todos los ebrios que botan sus llaves. Sabía que yo iba, puesto que estuve mandando por mi celular mensajes al suyo. Le escribí: —"Espéreme, que yo esta noche llego con la llave".

Estaba tan emocionado que no importó la hora para que hicieran una puta llave. Creo que le pagué cien veces más de lo que cuesta una copia, aunque pensándolo bien: este anciano marica, debe hacer muchas llaves para delincuentes, qué creería, qué soy uno ¿En verdad lo soy?

Por qué, para qué, una cerrajería las 24 horas… De ahí, me dirigí al apartamento de Mildred a devolverle los originales.

Tenía la llave de mis sueños. Era tuya, era mía, una imagen, un intersticio, una ranura asequible, menos difícil que tú, más fácil que penetrar a S. Era sólo meterla en la puerta y estaría en tu morada y sería un ladrón de virginidades inexistentes.

Bien por el cerrajero, mal por mí: lujurioso, extasiado, enamorado y un poco mareado me encontré con tu puerta. Aunque no creas, estuve ahí, en tu puerta, dispuesto a entrar. Sí, dispuesto a hacer un tapete de ojos para cuando caminaras mirar tu ranura. Decidí que no era el tiempo, que esas llaves robadas simplemente eran amores perdidos de nostalgias. Verte detrás del ventanal es mejor.

¿Dónde estás?

Pasaron unos días y unas cuantas horas, no te había vuelto a ver… ¿Te fuiste de vacaciones? Estaba meditabundo, desconcentrado; algo encontrado con mis sentimientos de cansancio existencial y lujurias de manos que no satisfacían lo mío. Me cansaba la masturbación y a mi novia no la quería ver. Estaba celoso ¿Será que ella lograría lo que yo no pude? ¿Qué mi Meretriz del frente, amara a mi Geisha?

Mi novia no me satisface; el placer solitario se agotó; los reflejos de amores de recuerdos con invitación a tomar cerveza se estaban extinguiendo. Mi desespero, mi aceleramiento por ti, me mantiene vivo.

No creas que te dejé, simplemente me aplaqué por una resignación de conocer tu espacio. Me di cuenta de que tu territorio es el mío, yo lo veo, lo manejo, es de los dos y de nadie más. Tus senos maravillosos siguen atestando mi pantalón.

Tus tetas habían pasado por el hielo que enervó tus pezones. No tenías brasier. Sin embargo, la sombra que se produce bajo tus montañas provocaban una ilusión a vestimenta amarga, agridulce; mis iluminaciones de pasión provocaban una desfiguración en mi rostro.

No creas, es repetitiva y en retrospectiva la cosa, son la misma cosa dispuesta de diferente forma, tu vulva y tus senos siguen en el mismo espacio corporal, pero mi lengua no.

Tus botones se configuraban como un elíxir en mi boca: una aureola sencilla y clara. Un pezón duro y estable que se clona con el timbre de la puerta de tu apartamento. ¡Qué pena!, ¡Qué lástima! Mi bella malabarista, estoy dejando pasar lo que quiero penetrar.

Desde mi ventanal no estoy satisfecho, una soledad acompañada de desesperación por otro momento, por otro recuerdo, por mi futuro. Mi saliva es una prostitución pero mis binoculares son una militarización, siempre en el mismo horario, todos los días en el mismo lugar.

S: ¿Se habría dado cuenta de que te vigilaba? Ella nunca decía nada al respecto.

¡Qué tortura! hace unos días que no te veo. Qué te has hecho mujer, dónde estás. Mi aceleramiento no se satisface con las fotos que guardo como un tesoro en un rincón del computador. Me atreví a preguntarle al portero dónde estabas:

—Salió de vacaciones —respondió, dándole una apuntada a mi corazón. Mi seño se frunció y mis ojos lagrimaron. Él guachimán se percató.

Me sentí tentado a preguntar a dónde para llegar, para ir, para rescatarte del estar sin mí, pero me contuve.

La felicidad de saber que llegaras, me satisface lo suficiente, por lo que mi desespero cambio a sonrisa. Como te dije: he armado un itinerario, una agenda que debo cumplir semana tras semana desde que decidí hacer horas extra para pagar este costoso apartamento. Creo no he perdido mi inversión.

Para estas actividades he dispuesto un repliegue de accesorios de vigilancia: unos binoculares, una cámara que se empolva por tu lejanía, un diario que sigue vivo con mis imaginaciones en vigilia, que envuelvo en palabras, en un olor a copulación.

Encuentro final

La espera ha terminado, de nuevo estás aquí, ¡qué alegría!, ¡qué tristeza! Salí corriendo a tu encuentro como un loco enamorado, bajé las escalas rápidamente antes que llegaras a la puerta principal de tu edificio, paré sofocado. Te bajaste del taxi con algunas maletas. Me viste, te acercaste lentamente.

—Hola, Leo. Qué satisfacción verte.

—Hola divina. Cómo estás…

Reíste como siempre con tu falda vaporosa.

— ¿Te quieres tomar algo? —invitaste.

—No, estoy esperando a alguien —mentí, te esperaba, mi diva, llena de marejadas de amor. Lo dije solo por hacerme el difícil, virilidad que camuflada en el tiemble de la pantaloneta.

—Bueno Leo, sólo era una invitación, será luego —contestaste algo disgustada.

Grité en mi mente: — ¡Qué estúpido!

—Espera, te ayudo a llevar las maletas.

—Estaba extrañada de tu amabilidad ¡Gracias!

Nunca me sentí tan satisfecho, feliz y preocupado al mismo tiempo. Subimos… hablamos… reímos… Obtuve una hernia por tus maletas tan pesadas. Llegamos a la puerta del apartamento, lo me produjo un inquietante deseo de marcar territorio como un perro en un parque. También estuve tentado a sacar las llaves para abrir tu puerta, diciéndote: —*por fin llegaste a nuestro nido de amor.*

Oriné tu puerta, no sé si te diste cuenta, pero oriné tu puerta, para que fueras mía ¡Mildred! Eres mi nostalgia de masturbaciones pasadas, cuando entro a un baño y lo tengo erecto, es por ti, por nadie más. Ojalá, mi cuerpo no fuera tan quebrantable, débil ante tu mirada, no te puedo desagregar de mi querer. En este momento estoy extasiado, satisfecho.

Llevo unos años observando tu balcón. Pasaron unos cuantos veranos desde que entré por primera vez a tu castillo. He entrado muchas veces con mis binoculares, así no estés allí.

Huelo tus sucios calzones que me postran; me he masturbado en tu habitación. He visto mil y un hombres follarte, traspasando tu ventana, todos soy yo, sé que soy tuyo y tú eres mía, majestuosa, divina, diosa.

Eres mi curva cerrada de todas las mañanas, eres la mujer que me adoptó con esos pelos rojos y esos pezones rosados, con una cintura perfecta que espera un vestido enterizo beige para ser quitado por mí.

Una mañana comprendí que lo mejor era tu ser, no por su penetrabilidad sino por ese hedor inimaginable que sale de la sombra que producen tus levantadoras transparentes.

Aprendí a no ser tan sigiloso, a salir al balcón cuando hacía calor; a abrir las ventanas cuando culiabas, follabas, te enjalmabas con tus amigos en la sala: despampanante, enérgica ¿Por qué he de esconder mi deseo por ti, si tú no escondes la depravación del verano?

Te convertiste en mi intersticio de soledades que apasionan. Exalto, honro en mi mente lo tuyo. Mis ojos se convirtieron en el vínculo perfecto de nuestra intimidad. Mi cuerpo se lucubra con tu cuerpo, suavemente.

Bajo con delicadeza la cremallera de tu nuevo vestido castaño ¿adónde dejaste el viejo? ese que escondía tu pecho ¡No cierres la ventana, por favor! Que mi mano ya va a terminar.

En varias ocasiones confundí lo que observaba con mis pensamientos. Ellos se volvían realidades, cuando no estabas, desesperado existía, pensaba que te había inventado como la deidad de mis mitologías. Bella Mildred, cuánto tiempo sin ti, y ahora que te tengo, sigo sin ti.

En algunas ocasiones, siento que soy un enfermo de esos que miran por la calle a las mujeres con ansias de fornicación y aunque te quiera fornicar también te quiero llevar a la parte de atrás de un altar.

Gracias por existir mi copulable amiga e íntima criminal. Me matas con tus pechos latentes, a veces veo el palpitar de tu corazón: lo siento… lo razono. Te miro… te miro, te siento ¡Qué locura tan agradable!

Rezo porque llegue pronto la hora de que tus nalgas firmes postren mi cuerpo al punto de la eyaculación. Pero ya he aprendido con algunos libros orientales a contenerme y guardar mi semen para el último instante de vida y principio de mi muerte. Una esperanza: sé que de nuevo llegará la mañana: —Me irrita que se empañen los binoculares.

Sí, ese día fue gris. Eres una maldita prostituta que juega con mi fortuna de tenerte, no sabes cuánto cuesta pagar este apartamento para estar frente ni sabes las horas extras que invierto en el trabajo, en mi trabajo de mirarte ¡Muero! Para poder vivir contigo ¿qué hago? tú juegas y sigues jugando.

También sé jugar, no te preocupes también me criaron padres calentones que llevaron su doble vida con artilugios legendarios.

Abriste la puerta de tu apartamento, algo empolvado, desordenado. Dejé las maletas en tu sala.

—¿Creo que tengo cervezas en la nevera? ¿Quieres una?

—Sí, claro —contesté con ganas y sed.

Hablaste sobre tus vacaciones… puse una atención docta, buscando descifrar el iris de tus ojos. Reímos, palmeabas a cada instante mi hombro, a cada instante, parecía una alocución de enamorados de esos que hablan después de hacer el amor, inmediatamente de una bestial penetración.

Traspasaba tus ojos en cada descuido; bajaba la mirada a tus piernas bronceadas, corpulentas pero estéticas. Había descubierto algo nuevo que no había planeado y que hasta ahora se abría como un nuevo continente: tus pies delicados con dedos de princesa de cuentos encantados, esos pies que pierden las zapatillas para que yo las encuentre: te las pongo, te las quito para que dejes aflorar toda tu carroza rozagante, dejando pasar este caballero siempre armado.

Pasaban las horas y seguía nuestra conversación, aclaro, tu monólogo de navegación. Era el presenciador de una puesta en escena vulgar. Recordaba por instantes cuando iba a ver a Sara en su trabajo, ella hacía un estriptis para mí, ofrecía su barra para que más tarde yo le ofreciera la mía.

Te observé con una sonrisa eterna, dispuesto a besarte en un descuido: te parabas, caminabas, movías algo, después te sentabas, mirabas, sonreías, tocabas tu pelo; coqueteabas.

Pensé: esta es mi oportunidad de saborear tu boca: bajo lentamente por tu cuello mordisqueándolo, lleno de saliva tu ombligo para después succionarlo; Abro tus piernas fuertemente, arrodillado frente al su sofá que sostiene tu cuerpo; muevo tu tanga hacia un rincón y con mis dedos provoco una lubricación volcánica y ardiente. Con mi otra mano bajo mi cremallera para que salga el caballero andante, lentamente y latente. Me masturbo, succiono tus labios algo rosados, algo negruzcos, chupo como un oso hormiguero ¡estoy en éxtasis! No te quiero penetrar, solo quiero tu brebaje. Quedo drogado, aletargado. Mi alma la has aspirado.

—Bueno, y cuéntame porque siempre estás al frente de mi balcón.

Desperté de mi ensueño. Tartamudeé hasta que pude concentrar mis pensamientos en tus palabras.

—Vivo al frente, me gusta el aire, respirar… observar.

—Eso he notado —recriminaste con voz burlesca, hipócrita—. Pero he visto que siempre estás detrás del ventanal así este cerrado.

Mis ojos empezaron a cristalizarse, se aguaron, entré el desesperé, quedé mudo; te diste cuenta:

—Tranquilo, simplemente es curiosidad, no creas que te estoy interrogando o haciendo un reclamo, sólo es curiosidad femenina. —Carcajeaste.

Fue una carcajada que en vez de tranquilizarme me acabo de preocupar. Era la inquisición, yo era una bruja maldita que sería expuesta a la hoguera. Debía responder algo rápidamente ¡Maldito vendedor de cortinas!

—Discúlpame Mildred.

—No me llamo Mildred.

Yo la había acabado de cagar.

—Perdón, mujer, te ofrezco mil disculpas.

—Tranquilo.

Seguían tus malditas carcajadas, las cuales tumbaban mis oídos, estaba al descubierto, desnudo. Quería gritarte a los cuatro vientos: te he mirado ¡Sí! eres mi musa de humedades nocturnas, eres mi divinidad castigadora que me lacera.

Pasaron unos instantes… un tiempo eterno de silencio. Ahora, tú observabas mi iris, tú me violabas con cada parpadear, eras mi binocular:

—Sabes querido amigo, desde hace algún tiempo me he dado cuenta que me observas por tu ventanal… No te preocupes, yo también te he observado.

Tus palabras fueron una espada que atravesó mi corazón, mi perversidad se convirtió en miedo. Reías, diste el golpe mortal y certero:

—Mi vagina se sonrosa con tu mirada…

ÍNDICE

www.ingramcontent.com/pod-product-compliance
Lightning Source LLC
Chambersburg PA
CBHW032130050726
47590CB00008B/3028